# 大阪経済法科大学
# 山代ゼミ

山代義雄
*YAMASHIRO Yoshio*

文芸社

# はじめに

腕時計の日付欄が、三十から一にゆっくり動き、今年も九月が終了した。この夏、私は何を残したのだろうか。

ただ馬齢を重ねただけなのか。否、あえて言えば、一冊のエッセイ集を上梓した。『妻の素描／兄貴の愛人』という、やや物騒な題名のエッセイ集である。

本日は自民党総裁選で、テレビに見入っていた。後輩の高市早苗氏を当選させたいのだ。

冒頭で述べたエッセイ集であるが、私はここ数年間、毎年エッセイ集を上梓している。人生の終末期を迎え、人生記録を残したいという本能だろうか。『南米憧憬』『泥沼的青春譜』『物語を紡ぐ海外の旅』『高校青春譜断章』と『妻の素描／兄貴の愛人』である。

これらで人生のエピソードを大方書いたようだが、大阪経済法科大学で教鞭をとっていた頃の記録がないので、まとめてみたい。

同大学は、経済学部、法学部を擁する私立大学であるが、卒業取得単位に、他学部開講のものも加算できるので、法学・経済学双方を学んだ社会人を輩出でき、国立大類似の特性を持っている。それが理由なのか、学生は全国から集まっている。

目次

大阪経済法科大学山代ゼミ

## 大学教授となった経緯

私（以下「Y」と略す）は、学生時代も大阪府公務員時代も、学究肌であり（自分で言うな！）、学者と付き合うのが好きであった。その間、大学生時代に引き続き、「行政法学の三羽烏」といわれた山田幸男先生やその友人たちと交流し、共著で、本邦最初の『行政事件訴訟法逐条解説』（有斐閣）を上梓したり、自治省（現総務省）主催の地方自治法施行三十周年記念論文募集に応募して入選したりした。山田幸男先生は、戦後最初のブリティッシュ・カウンシル（公的な国際文化交流機関）の留学生で、英米行政法や福祉国家論、行政契約論を引っさげて、学会に登場した人物である。

さらに追記すると、大阪府の公務員時代、年二人ほどが選ばれ、自選のテーマで半年間、海外で学べる制度（海外長期研修）があったが、Yはこれに選ばれ、英・米・スウェーデン・西独・仏で学んだ。出発前に外務省研修所五部研修（各省から外務事務官として、海外公館に赴任するための事前研修）を終了させていただいた。Yの海外長期研修のテーマは、「都市行政の諸問題と住民参加」であり、その成果として、大阪府庁で、情報公開条例の制定（全国的にも最も早い時期）や府政における住民参加制度（知事公館開放や「おはよう対話」など）の導入を実現した。また、海外研修の成果を関西行政法研究会で発表し、報告書を配布した。

このような状況で、Ｙは、府庁の法務部門のチーフ的存在であった。法務調査課長という法制局長官的職務に就いたのだ。

法制局長官的職務というと、例えば、昭和五十二年にこのような例がある。

黒田了一知事府政（左翼府政）の頃は野党が多数で、提出議案がしばしば否決された。ある時期、予算案に対し野党が大幅な修正を求め、議会が深夜まで空転したが、その折、Ｙが、「予算提出権は地方自治法一四九条により知事の専属権限であるから、それを無視した大幅な修正案は不可である」と意見を述べると、その後は事態が直り、議会が正常化した。

ところで、大阪府では当時、懸案中の法律問題を有識者に検討してもらう研究会があり、神戸大の阿部泰隆、棟居快行両教授と、法務局の訟務検事とYが委員であった。その折、阿部教授からYを大阪経済法科大（以下「大阪経法大」又は「経法大」と略す）の教授に推薦してあげようという話があり、Yもそれを熱望したところから、阿部教授及び関係者のご尽力により、府庁退職後、大学教授として新しい人生を歩むこととなった。関係者一同のご好意に感謝の言葉もない。

自分で言うのは傲慢であるが、Yは一流大学を経て教授になった同僚に、ひけめを感じたことはなかった。それはYの担当科目が行政法学であり、四十年近くも大阪府庁で実務を経験し、学問に対する裏付けがあったことによる。外務省研修所修了も自信になり、語学で同僚に劣っていない。姉妹大学のハワイ大の教授が法学部で講義したときも、英語で質問したのはYだけであった。

大阪経法大に勤務して、新しい人生経験であるが、副学長窪田宏先生や同窓の教授もおり、うまく収まることができた。また式典で歌われる「われらが白き学舎に……」の美しい旋律の学歌に大いに鼓舞され、以来、教授として、大学人として、うまく溶け込めたと思っている。

以下、大学教授時代の話題を散文的に記述させていただく。

# ケロンパのこと

大学の授業には、ゼミナールがある。教養課程を終えた三年生、四年生の授業だ。

ある日、Yはゼミ教室に出掛けた。少々時間が早く、ゼミ生は教室に入っていなかったが、見知らぬ女性が一人座っていた。

「君は誰だね」とYは訊ねた。女性は「一時間だけ、評判の良い先生のゼミを聞かせてください」と頼んできた。さて、どうしたものか。

その間にゼミ生たちが教室に入ってきて彼女を見ると、「あっ、ケロンパやんか」「F君の彼女や」と言い、彼女を知ってるらしい。F君のプライベートに関することのようだった。

もし彼女が大学から聴講料を払えと言われるのなら、Yが払ってあげようと思った。

それはともかく、F君は面白い学生である。礼儀も正しくて、卒業後も毎年年賀状をくれる十数人の中の一人である。写真入りの年賀状で、妻となった「ケロンパ」と、彼女に酷似したスマートで目の可愛いコケティッシュな子供数人が写っている。

F君は、学生時代にこんなことを聞いてきた。

「先生、同僚とレストランを経営したいんですが、スポンサーになってください」

それに対し、何と断ったか記憶がないが、多分、「まだ学生だから駄目だ」と言ったのだろう。

Ｆ君は本当にレストランが好きらしく、卒業後すぐに、大津あたりでファミリーレストランの店長をしていた。

# 結婚式のこと

Ｆ君は、卒業後、間もなくケロンパと結婚した。京阪本線香里園《こうりえん》駅から上った成田不動近くの会場で結婚式が行われた。Ｙは、ここで久々に卒業生たちと再会した。もちろん、Ｙも心から彼らの結婚を祝福した。良い青年と淑女である。幸多かれ。

結婚式の話で、もうひとつ。真面目な学生Ｎ君の結婚式にも呼ばれていた。卒業後間もない時期は、ゼミ教官とゼミ生の人間関係が日常的に続いていたのである。

ある日の昼過ぎ、のんびり自宅で休んでいると、N君から電話があり、「先生！　今日は私の結婚式なんですよ！」と、緊迫した声。

なんと大変なことをしてしまったのだ。N君の結婚式を忘れていた。多分、ゼミ教官として、最初の挨拶が予定されていたのであろう。今から神戸のオリエンタルホテルに駆け付けるわけにもいかず、深謝するのみ。何たるドジだ。この失敗、いつかこの借りが返せるだろうか。

当時、本当に多忙で疲労困憊だったが、重要事項の失策は絶対許されない。人生最大の失策の一つとして胆に銘じた。

## 多忙な時期

N君に対する弁明には決してならないが、多忙だったことは確かであった。大阪府庁退職後、Yは大阪府文化振興財団の理事や、大阪府公文書館の顧問を務め、非常勤講師として、神戸大学、近畿大学、立命館大学、大阪府消防学校、大阪府社会福祉協議会、奈良産業大学で教鞭をとり、地方自治体の付属機関である大阪府、川西市、八尾市、河内長野市などの公文書公開、総合計画、環境対策などの委員、また委員長を務め、ダブルブッキングはたびたびであった。これらは決して無用・雑用ではなく、行政法各

郵便はがき

料金受取人払郵便

新宿局承認

7553

差出有効期間
2024年1月
31日まで
(切手不要)

1 6 0-8 7 9 1

141

東京都新宿区新宿1－10－1

**(株)文芸社**

愛読者カード係 行

| | | | |
|---|---|---|---|
| お名前《ふりがな》 | | 明治 大正 昭和 平成 | 年生 歳 |
| ご住所《ふりがな》 | □□□-□□□□ | | 性別 男・女 |
| お電話番号 | (書籍ご注文の際に必要です) | ご職業 | |
| E-mail | | | |
| ご購読雑誌(複数可) | | ご購読新聞 | 新聞 |

最近読んでおもしろかった本や今後、とりあげてほしいテーマをお教えください。

ご自分の研究成果や経験、お考え等を出版してみたいというお気持ちはありますか。

ある　　ない　　内容・テーマ(　　　　　　　　)

現在完成した作品をお持ちですか。

ある　　ない　　ジャンル・原稿量(　　　　　　　　)

| 書　名 | | | | |
|---|---|---|---|---|
| お買上<br>書　店 | 都道<br>府県 | 市区<br>郡 | 書店名 | 書店 |
| | | | ご購入日 | 年　月　日 |

本書をどこでお知りになりましたか?

1.書店店頭　2.知人にすすめられて　3.インターネット(サイト名　　　　　　)

4.DMハガキ　5.広告、記事を見て(新聞、雑誌名　　　　　　)

上の質問に関連して、ご購入の決め手となったのは?

1.タイトル　2.著者　3.内容　4.カバーデザイン　5.帯

その他ご自由にお書きください。

(　　　　　　　　　　　　　　　　　　　　)

本書についてのご意見、ご感想をお聞かせください。

①内容について

②カバー、タイトル、帯について

弊社Webサイトからもご意見、ご感想をお寄せいただけます。

ご協力ありがとうございました。

※お寄せいただいたご意見、ご感想は新聞広告等で匿名にて使わせていただくことがあります。

※お客様の個人情報は、小社からの連絡のみに使用します。社外に提供することは一切ありません。

論を充実させる貴重な作業であった。Yは有能な行政法各論学者であったことになる。

多忙は苦労もあるが楽しいものである。仕事好きのYにとっての張り合いであった。

多忙が原因かどうか不明だが、Yはこの時期、くも膜下出血という病魔に襲われた。阪急南方《みなみかた》駅で財布を盗もうとする犯人に引き倒され、ホームに頭をぶつけて発症した。近くの加納病院での緊急手術が成功して、命は取り止めたが、その時期にYは厚かましくも医者に、「立命や消防学校の授業に行かせてくれ」と頼んで、叱られた。Yは、消防学校学生の規律の良さに大いに感銘し、強い好意を持っていた。

「君、ＩＣＵクラスの病状の時期に、一体何を言うのか」と。

恥ずかしいことに、逆に立命館大学の安本典夫教授や消防学校の森永剛平校長が見舞いに来て励ましてくれた。

当時の笑い話がある。手術後、麻酔が解けたかどうかを調べるため、看護師がYに名前や住所を聞いてきた。あまりにも単純で馬鹿らしいので、Yは英語で返事をしたところ、看護師が傍の医者に「この人、英語で答えるので困ります」と訴え、医者が「ではドイツ語で話してやろうか」とやってきた。

そこで、Yがすかさず、「Sprachen Sie Deutche?（あなた、ドイツ語を喋れますか）」と問うと、医者は「嫌な患者だ」と呟いて立ち去った。冗談が過ぎたかも。

# 就職指導のこと

Yは、大学内公務として出版部長、図書館長、学生就職部長、学長補佐を担当してきた。ここではYのゼミ生の就職活動について触れてみる。

三年生と四年生のゼミを十年間担当すると、一クラス二十人として、ゼミ生総数は四百人になり、いろいろな学生がいた。

全学一の成績で、学長賞をもらって卒業したF′君もいて、Yの自慢だった。

誇らしいと言えば、霞ヶ関で頑張っている卒業生M君もいる。M君は三年のゼミに入った時期に、国家公務員試験を受けると言っていたが、四年生時に国家公務員中級職試験に合格し、霞ヶ関の建設省（現・国土交通省）に入省した。現在も、都市計画課で「町づくりのＤＸ」を担当し、活躍している。ＤＸとはデジタルトランスフォーメーションのことである。

Ｙも大阪府庁で土木部都市計画課の参事（課長級スタッフ）を務めたことがあり、緻密な都市計画の「地域・地区」等々をしっかり立案して制度化してほしい、と彼に期待している。

Ｙのゼミとは関係なくとも、近隣の高槻市長や、Ｙが取引している三井住友銀行の千里中央店の副支店長が大阪経法大出身であったり、驚きと共に、経法大出身者の幅広い活躍を期待している。

実は、Ｙは、自分の大学時代の恩師が、前述のように「行政法学の三羽鳥」とか「戦後、英国に留学した先駆者」といわれた人であったから、それに引き換え自身に肩書の乏しいことが、「ゼミ生が恩師を語る時、心細いと思うのでは」と思い申し訳ないと考えた。その代わり、できるだけゼミ生を慈しみたいと思ってきた。ゼミ学生の最大の味方になろうと努力してきた。

女子学生Oさんの父は、能登の田舎で行政書士をしており、娘がそれを引き継ぐことを待っているのに、娘は「田舎は嫌」と、カメラおたくの生活を楽しんでいた。Yは彼女に、「田舎が嫌でも、就職だけは決めなければ駄目」と、大手生命保険会社を受験させた。

就職試験の状況を聞くため、大学近くのプリズムホールの喫茶店で待っていた。夕刻帰ってきた彼女の報告によると、帰途、会社の人事担当に呼び止められ、「気に入ったので、内勤でも外勤でもいいから採用したい」と言われたそうだ。良かったね。ホッとした。

「司法試験を受けるんだ」と宣言し、友人との遊びから離れて、図書館に通いだした学生がいた。司法試験合格は、法学部学生として超名誉なのだが、Yは思った。「三年ぐらいで決着つけろよ。青春時代という重要な時期を犠牲にするんだから」と。

まだ、彼からの吉報に接していないのが心配である。ゼミ教官とは、気の重いものである。

就職試験に自信がなく、受験場に行かない学生もいた。金沢での父兄会の際、小松からはるばるやってきた学生T君の母親に泣きつかれたことがある。その後、彼はどうなったか、Yは心配をし続けてきた。

北海道が好きなH君は、北海道教育委員会の試験を受験し、高校教師を目指した。採用試験には合格し、採用名簿に載ったが、なかなか赴任先が決まらない。Yは以前在職していた大阪府教育委員会教職員課から、北海道の教職員課に問い合わせたところ、「三月までには決める。何で大阪に言われないかんのだ」と不機嫌な返事だったそうだ。すみません。

その学生は、無事に三月末に学校に就職し、地元の娘と結婚した。

大阪での高校教師を希望した学生の教育実習を見学に行ったこともある。わざわざ手土産の菓子折まで持って。

こんな雑話もある。Yが大学卒業時に受験した警察上級職（当時の警察三級職）では、最後の身体検査が皇居内の皇宮警察本部であったが、恥部を握る「M検」があったとゼミ生に語ると、Yのゼミ学生が「××会社を受験したいのですが、その会社はM検ありますか」と真剣に問うてきた。Yは「M検」という言葉が、Yのゼミから周辺に拡散して、啞然とした。

本節冒頭に述べた学生就職部長としては、Yは、当時導入されたインターンシップ（学生でありながら希望の企業で働く研修的制度）を大阪経法大でも導入すべく規程を作成し、実現した。とにかく、前歴の大阪府庁で、条例や規則の作成を業務としていたので、規程の作成などは朝飯前のことである。

大阪経法大では、学生就職のガイダンスとして指導用の冊子を作成していたが、その表紙に山代ゼミの女子学生で洋弓部に属するスタイルの良い学生の写真を使ったところ、学生就職部員が「表紙掲載の代償として、部長に何か奢ってもらえ」と悪知恵を付けたので、当学生を服部川の洋食屋に連れて行った。ちょうどボジョレー・ヌーボーの解禁日であり、彼女は悪びれず、サッサと飲み干し、お代わりをした。彼女に学生時代の良い思い出を作ってあげたのだから、Yは大満足であった。

競馬が好きで、競馬関連の仕事しかしないという学生。スポーツ好きで、コナミやミズノばかり受けているゼミ生（法学部なのに）もいた。

Uターン就職すると言うので、「田辺に企業は少ないぞ」と注意したが、ちゃっかり田辺の梅干屋に就職した学生もいた。

# 卒業論文のこと

当時、学生に卒業論文を書かせて、ゼミの成績評価にしているゼミが、かなりあった。それに加え、ゼミ生の論文を論文集として冊子とし卒業時に渡してやろうと、担当教官らはゼミ生の数だけ印刷し、製本する作業に印刷室で懸命に取り組んでいた。Yもその一人である。ゼミ生にとって学生時代の宝物になるだろうから一生懸命にやった。

論文の中には、本当に良いものもあった。ただし、インターネットの普及により、インターネットの記事を論文の基礎にすることがあり、テーマが近いと同じような論文が出てくる。Yは「基礎的文献を三個ぐらいは読みこなし、それに自分の見解を加えるように」と指導した。

論文提出を課題とした以上、提出しない学生には単位を与えなかった。気の毒に、「パソコン上では論文を仕上げたのに、うっかり誤操作し、消してしまった」と訴える学生もいたが、例外は認めなかった。山代ゼミでは、卒業時に色紙に寄せ書きをすることを慣習としていたが、「先生、ゼミの単位が欲しかった」と書いた学生もいた。でも、ゼミの単位をケチっているわけではない。

こんな学生もいた。

ゼミの授業が朝一時限目の時は、どうしても遅れてしまうのだ。「たま駅長」（猫が鉄道の宣伝を担い駅長を務めていると想定）で有名な和歌山電鐵の貴志から通ってくる学生は、和歌山を経由して来るので、朝一番で出掛けても、ゼミが一時限目（九時）だとゼミ授業に間に合わない。Yは彼には努力賞のつもりで「優」をあげた。勤勉な良い学生だったし。

蛇足かもしれないが、Yが各学年の卒業論文集に書いた座右の銘は、「一に目標設定　二に全力努力　三に感性の導入」である。何事にも、感性の導入が必要である。頭を澄ませて、もうひとひねりしてほしい。

## 駆けっこ

学生のために何かしようとの考えから、駆けっこをしたことがある。大阪経法大は生駒山脈の西側斜面にある。傾斜を上ると「水飲み地蔵」というのがあるので、ゼミ生とそこまで上る競走をした。なんとYが一等。「お前ら、もっと体を鍛えよ」と諭した。

Yは、かつて大阪府庁Bチームのメンバーとして、大阪実業団駅伝に出たことがある。なぜ走るようになったかのきっかけは、ひょんなことだ。府庁都市計画課在職の頃、「自分の土地に都市計画をかけられたので土地代が下がった。撤回せよ。さもないと、府庁の屋上からさかさまに落ちるぞ」と怖い男が二人組でやって来るので、Ｙの同僚が「今日も来るかもしれないから、迫力負けしないように体を鍛えておこう」と、毎日、昼休みに大阪城公園を疾走した。それで、いつのまにか健脚になっていたのだ。

# 野外活動

大阪経法大には、琵琶湖の臨海学舎や菅平の林間学舎があった。Yは、毎年のようにゼミ生を臨海学舎に連れて行った。マイカー数台で出掛けた。学舎には大学の事務局長の兄（？）がおり、歓迎してくれた。氏はキャンプファイアーの材料がない時に、近くの林の松の枝を提供するように土地の所有者に頼んでくれたが、松喰虫にやられた枝であり、所有者も快諾してくれた。学食には、卓球台と玉突き台があった。夕食は定番のジンギスカン。学生は後始末をしっかりやるので感心した。その後は、これも定番の胆試し。墓の奥の陰に置かれた物を探しに行くのだが、成人男子でもお化けは怖いらしい。

Yは、大阪経法大のアウトドア部の部長だったが、同部の幹事長が山代ゼミ生で都合が良かった。彼は統率力があり、今は広島県警で幹部をやっている。

アウトドア部では、夏期キャンプに、伊勢湾キャンプや、高野山麓の花園村キャンプをやった。いつも学生には西瓜を買っていった。

伊勢湾の時は、「先生が行かないと、女子学生が来ない。先生、もてるな」と言われたが、もてるのではなく、監督者が必要ということである。しっかり監督をした。

花園村では、翌日所要があり、定番のカレーライスを食べたあと、夜道を帰ったが、マイカーのヘッドライトに驚いて、兎や狸が車と並行して走った。日本でも、まだこんな野趣があったのだ。

ゼミ一期生とは卒業旅行をした。「卒業旅行に温泉に行きたい」と言うので、日程を決めさせると、山代温泉（Yの名）と東尋坊だった。北国の冬なので、マイカーにチェーンを巻いて出発。夕食後の団欒が楽しい思い出だ。具志堅用高選手に拳法を習った沖縄出身の学生もおり、護身術が話題になった。一泊旅行なので、女子学生は来なかった。

# 卒業後の同窓会

Ｙはゼミ生十数人と年賀状交流を続けているが、Ｈ君は「いつか偶然の形で先生に会いたい」と書いてきた。「大阪府下にいるのだから、堂々と会いに来たらよいのに。どういう心理か？」と、Ｈ君に電話をしてみると、彼はやや慌てた様子であったが、Ｙの「メンバーを集め、何月何日、料亭××に来い」という指示に従い、連絡のつくゼミ生数人を連れて、やって来た。富山から参加したゼミ生Ｈ′君もいた。

「先生、本当にお久し振り」と嬉しそうだ。

「もっと気安く訪ねて来い。飯ぐらいならいつでも食わせてやるぞ。ゼミ生でなくてもいいぞ。キャンパスで青春を共にした関係だ。次回からは、何回生かを問わず、縦割りの総会にしよう」

# 飯を食わせた話

ゼミが終わると、「何か食いに行くか」とゼミ生を誘う。近畿大学なら、長瀬駅から学生街がつながるが、経法大では校門前に二軒ほど飯屋があるだけ。そこで「若者は腹が減るからカレーライスでも食え」と促すと、学生は、もっと高価なアイスクリーム入りのパフェを注文し、加えてカレーを注文する者もいる。店主がYの顔を気の毒そうに眺める。学生は我関せずと、「先生、たくさん給料もらってるんでしょ」とたたみかける。

学生の思い出作りに、ゼミコンパにたびたび行った。近鉄布施駅周辺まで出掛けるが（学生向けに「和み」などに）、難波のコンパ用の店に連れて行ったこともある。Yが現役公務員時代に使った店であり、知り合いの太っ腹店主（同志社大ラグビー部）が、ビール一ダースを寄付してくれた。二次会は、当店の隣のカラオケ店に流れ込む。学生は「（こんないい店を知っているなら）もっと早く連れてきてくれればよかったのに」と勝手なことを言う。卒業日直前だった。彼らはYの知らない歌を歌っていた。「ガンダーラ」とか。

# 公務員への挑戦

ゼミ一期生のゼミ生募集では、「公務員への挑戦」というフレーズでゼミ生を募集したので、希望者が多く、定員の三倍もの応募があった。公務員とは、国家公務員と地方公務員だ。地方公務員でも、府県、市町村、警察官、消防、教員などである。

御嶽山噴火の際、救助の前線基地になった王滝村にもゼミ生が就職した。彼は「村だって立派な地方公務員だ」と言い、同僚は「村長さんの娘でももらって、村長になれ」と冷かしていた。彼を推薦するため、最終段階で

「過疎地振興法」のリポートを書かせて村に提出させたことが奏功したのだ。

卒業後、三、四年経って年賀状を寄こした学生がいる。「先生、私、今何しているか知ってますか？　故郷の市役所で公務員をやっています」とある。

読者への質問です。彼がなぜ年賀状を寄こしたのか分かりますか。

答え。それは、ゼミ募集のフレーズが「公務員への挑戦」であったからである。彼、Y君は、「連絡が遅くなりましたが、ちゃんと、宿題を果たして公務員になりましたよ」と言いたかったのである。長崎県の田舎から来た、本当に素直な良い学生であった。

# 阪神淡路大震災と母校

二十五年前（一九九五年）の阪神淡路大震災には驚いた。

「まさか神戸に大震災とは！」と。

神戸は母校神戸大学の所在地だった。Ｙの居住地ではないし、当時の勤務地でもなかったが、少なからずの影響はあった。

震災日や翌日は、Ｙが通勤で利用する近畿道は極端に渋滞していて、マイカーは前に進まない。やむなく途中で高速道を下り、府の門真保健所から大学に「遅れる」との電話を入れた後、一般道を疾走した。それを白バイに追われ、交通違反切符を切られ、大損害（反則金）であった。

震災後、Ｙの研究室にゼミの女子学生が二人やって来た。尼崎と宝塚の学生で、被害もあったようなので見舞金を渡し懇々と元気づくよう話してあげた。

ちょうど期末試験の時期であったが、Ｙ担当の行政法の試験答案用紙に「今、神戸が燃えている。試験なんかやっている時期ではない」とだけ書き込んだ答案があり、Ｙとしては、当学生の神戸愛は喜ばしいが、悩んだ末、欠点（落第点）とした。

震災後、数ヶ月を経て新学期に入り、大学の授業は新学期前期に入った。

母校神戸大学の中川丈久教授が米国で研究することとなり、Ｙは彼の代行として神戸大で「行政法各論」を講じることとなった。母校で講義することは、晴々しく感無量であった。Yが講義する教室の隣では、母校での民事訴訟法ゼミの一期後輩の福永有利教授が民事訴訟法を講じており、同期の下井隆史教授が労働法を講じている。教員控室に戻ると、防衛大学学長に転じられた名士、五百籏頭眞教授らと懇談できる、素晴らしい歳月であった。聴講する学生達は、震災を経験して気持ちが高揚しており、後輩である彼等に「幸多かれ」と念じるばかりであった。前期最終講義は、Yの得意な「住民参加論（外国の例を多用して）」を予定していたが、台風警報が出て欠講となり、残念であった。

ある日、講義の後、六甲山の傾斜をバス停まで下る途中、女子学生が「ウリ坊（猪の子）」を囲んで騒いでいるので、「近くに親が見張っているから気を付けろ」と、先輩らしく注意したのも誇らしい思い出である。

震災から三月も経っているのに、交通網は遮断されたままで、私鉄の阪急や阪神は西宮以西は不通である。残ったＪＲの満員電車で六甲道駅まで到り、バスにて登校した。この方法も面倒くさくなり、マイカー好きなＹは、中国道（高速）を走り、裏六甲から中腹の神戸大学に下って行く方法を採用した。

いずれにせよ、Ｙにとっては、胸を張った至福の時期であった。「母校の教壇に立ち後輩を教えられるなんて、こんな巡り合わせ、あっていいものか」と。

脱線するが、学生時代の母校の便所の落書の話。某日、大便所に「七転び八起き忘るな、後輩生」という句が落書され、翌日、反歌として「落書で苦労せよとは、良き先輩」と添えられていた。先輩、後輩の気脈が通じているようで痛快。

（初出『千里眼』一五六号　二〇二一年）

## 著者プロフィール


**山代 義雄**（やましろ よしお）

1932年、広島県呉市生まれ。

1956年、神戸大学法学部卒業。

神戸大学助手を経て、1957年、大阪府入庁。法制調査課長、知事室総務課長、府民文化室長などを経て、大阪府理事。

1991年、同理事兼中之島図書館長を最後に退職。

1992年、大阪経済法科大学法学部教授。

学長補佐などを経て2004年、退職。

その間、神戸大学等講師、国立民族学博物館企画委員、全国公共図書館協議会副会長、国立国会図書館特別参与を務める。外務省５部研修終了。

平成26年瑞宝小綬章受賞。

著書：『地方自治法講義』『まちづくり条例制定の法的視点』『現代行政法入門』（共に大阪経済法科大学出版部）、『新・地方自治の法制度』（北樹出版）、『花岡山万華鏡』（ブレーンセンター）、『南米憧憬』『泥沼的青春譜』『物語を紡ぐ海外の旅』『高校青春譜断章』『妻の素描／兄貴の愛人』（共に文芸社）など多数。



**大阪経済法科大学山代ゼミ**

2022年８月15日　初版第１刷発行

著　者　山代 義雄
発行者　瓜谷 綱延
発行所　株式会社文芸社
〒160-0022 東京都新宿区新宿1－10－1
電話 03-5369-3060（代表）
03-5369-2299（販売）

印刷所　図書印刷株式会社




ISBN978-4-286-23850-0